A mis padres y mis hijos, que viven eternamente en mi corazón.

M. D.

A Suzanne, Joseph y mi mamá.

A. D.

Siempre seré tu mamá

Papel certificado por el Forest Stewardship Council®

MIXTO
Papel | Apoyando la silvicultura responsable
FSC® C117695

Penguin Random House Grupo Editorial

Título original: *Ta maman pour la vie*

Primera edición: abril de 2024

Texto de Marion Donon
Ilustraciones de Adolie Day

Travessera de Gràcia, 47-49. 08021 Barcelona

Diseño original: Léa Boutet

Printed in Spain – Impreso en España

ISBN: 978-84-272-4081-0
Depósito legal: B-1705-2024

Compuesto en Compaginem Llibres, S. L.
Impreso en Gráficas 94, S. L.
Sant Quirze del Vallès (Barcelona)

MO 4 0 8 1 0

Siempre seré tu mamá

Marion Donon

Ilustraciones de Adolie Day

Traducción de Laura Llopart Cabós

serres

—¿Mamá?
—Dime.
—Cuando seas abuelita, ¿seguirás siendo mi mamá?
—Tesoro... Soy tu mamá desde antes de que existieras.

Cuando papá y yo soñábamos contigo

y él te hablaba bajito.

Cuando tu y yo nos vimos por primerísima vez.

Era tu mamá cuando apoyabas tu manita en el calor de mi pecho.

Cuando me sonreíste por primera vez

y me diste tu primer abrazo.

Era tu mamá cuando hacías de artista.

De acróbata.

De aventurero...

… al que no le daba miedo nada.

Era tu mamá cuando pronunciaste tu primer «yo solo»,

tu primer «¿por qué?»...

...y tu primer
«te quiero».

Soy tu mamá cuando aprendes y te haces mayor.

ESCU

Cuando esperas al Ratoncito Pérez

y te preparas para tus primeros combates.

Seré tu mamá cuando te empiece
a cambiar la voz,

cuando seas más alto que papá...

... tus cabellos vuelen al viento...

Café
Limonada
Zumo
Bebidas
calientes
Bebidas

... y vayas adonde tú quieras ir.

Seré tu mamá cuando te llegue la hora de hablar bajito a ti también

y te reconozca en cada uno de sus pasos.

Ya lo ves. Soy tu mamá desde tu primer día... y hasta mi última noche.

Y lo seré para siempre en tu corazón.